없는 영원에도 끝은 있으니

없는 영원에도 끝은 있으니

박철 시집

창비

제2부

제3부

제4부

제 1 부

빨랫줄

건너 아파트에 불빛이 하나 남아 있다
하늘도 잠시 쉬는 시간,
예서 제로 마음의 빨랫줄 늘이니
누구든 날아와
쉬었다 가라

산

귀신도 모르게 사랑을,
이진명 시인이 그렇게 건배사를 하자
위하여! 하고 우리는 목소리를 높였다
주저앉으며 자발머리없게 내가 중얼거렸다
귀신만 모르고 다 아네

그래도 그런 사랑 한번 하고 싶다
정말 세상 다 아는 사랑
아는 사랑 더 채울 곳이 없는 세상
빙산의 일각이란 무슨 소용인가
태양빛에 반짝이며
나 그 큰 산
다 녹이고 가고 싶네

묵은 별

조부는 비위가 약한 분이었다
69년인가 사람이 달나라에 갔다고 요란들일 때
마치 요즘 손전화 들고 다니는 거 못 보는 이처럼
쾅 하고 미닫이문에 찬바람 일으키며
저 광활한 우주에 비하면 달나라는 자부동 안이다
그깐 거 좀 갔다고
아마 조부는 당신이 노닐던 땅뙈기 잃은 양 싫었는지
며칠 더 오뉴월 고뿔에 시달렸는데

오늘 보길도 동백숲
까만 몽돌 위에 쏟아지는 별들 마주하다
나 또한 뭔가 우루루 잃어버리는 설움에
바닷물 휙 걸어 잠고 돌아눕는 물굽이

그깐 거 사람 하나 잃었다고 발걸음 하곤 아서라
조부는 황새걸음에 지금쯤 지구 반대편까지 서너바퀴는 돌아
땅속 깊은 곳 뜨거운 물 위를 경중거릴 텐데
저간엔 아무 일 없다는 듯 오뉴월 묵은 별 하나

천릿길 만릿길 허공중에
사뭇 빛나다

부추꽃

실잠자리 한쌍이
부추잎에 겨우 자리를 잡고
남몰래 위아래로 몸서리치는 모양을
부석처럼 쭈그리고 앉아 보네
누군가 뒤통수를 쳐 돌아보니 인적은 없고
다시 돌아보는 사이 어쩌나 어머나
부추꽃은 피었네 하얀 꽃은 피었네

부추꽃만 피겠는가 우리 어머니
쑥국새 울 무렵 수줍은 해거름 안에
달고 붉은 부추김치도 피겠지
부추김치만 피겠나
자작자작 항아리 주둥이의 고춧물을 모두며
우리 철이 뽀얀 항아리엉덩이에 피던
고추 생각도 나겠지
고추 생각만 피겠나
멀건 앉은뱅이 하얀 포탄소리에 놀라
황해도 연백 어디라는 고향 생각도 피겠지
맵기도 하다

오뉴월 포탄연기만 피겠나 장독가를 맴돌던
실잠자리 꽁대에서 실낱처럼 흐르는
부추향도 피겠지 코끝도 붉어지겠지

때는 어느덧 흘러간 청춘이라네
그래도 좋아 잠자리 날개 같은 실웃음이 더위에 일고
하루는 즐겁게 몸을 떨기도 하겠지
천지간에 너울거리다 돌아앉는 것이
이 더위만이 아니라서 오늘은 저 위에서
누군가 또 어여쁜 듯 쇠눈을 껌뻑이다가
그려 그려 부추잎처럼 잠자리 허리처럼
연한 마음 입가에도 꽃은 피고 지겠지
그려 그려 출렁거리며 여름 한철은 가겠지

귀

오늘이 누이의 결혼기념일이라는 얘길 들었다
누이는 병중에 있고 매제는 먼 곳에 있다
연초부터 부쩍 눈곱이 끼는 팔순의 어머니가
기침처럼 고향에 가보고 싶단 얘길 한다
낮에는 서어나무숲을 걷는데 도토리 떨어지는
소릴 들었고 산비둘기 우는 소릴 들었다
밤에는 아내의 거친 숨소릴 들었다
그것만이 아니다 귀는 오랜 우물처럼
너무 많은 것을 담아서
길어도 길어도 얘기가 마르지 않는다
당장이 급해 두 눈이 쌍심지를 켜고 세상 온갖 것을 보
아도
삐딱하게 숨어 있는 귀를 막아서지는 못한다
뭉크의 「절규」는 눈이 아니라 귀를 그린 것이다
눈은 보이지 않는 것은 알 수 없으나
귀는 들리지 않는 것도 듣는다
빛은 지나가고 소리는 머물러 대지를 울린다
부처도 막판에는 눈을 감고 귀를 열었다
말했듯이 귀는 마르지 않는 우물처럼

16

담는 것이 아니라 퍼주는 것이기 때문이다
귀가 앞에 달린 것이고 눈은 옆에 달렸다
그 탓에 우리가 이제껏 흔들려
옆으로 걷는 것이다

빛에 대하여

봄빛은 지극한데
하얀 창가에 국밥집 아이와 애미가 밀담 중이다
아이가 며칠 울더니 오늘은 우는 애미를 달래고 있다
아이가 저리 힘들어하는 것을 보면
사랑도 노동이라는 생각이 든다
그러면 나는 일생을 노동자로 살아온 셈이다
내가 사랑을 하였다는 얘기가 아니라
거친 내 일생이 왜 사랑해야 하는가를 떠들고 있었다
버드나무도 봄빛을 배워 기운이 푸릇한 정이월
명창정궤란 보이는 정갈함만 이르는 게 아니라
거기 백자 같은 여지와 빛의 범람을 말하는 것일 텐데
오늘 아이의 저 스미는 사랑도 그렇게 부르고 싶다
빛은 제 눈이 없어 가리는 곳이 없구나
내가 받은 축복의 전부는 어떤 고난 속에서도
비좁은 밥집 안에도 봄빛은 내린다는 사실이었다
얘야 신비롭지 않니 신비롭구나
그런 신비로움엔 기다림 외에 가는 길이 따로 없다
오래전 탯줄 타고 이미 당도해 있을지도 모를
내가 아무리 작아도 줄어들지 않는

또 거기 애틋한 분재 하나 몸 비틀고 있어도 좋으리
아이야
어느 누추한 담장 아래라도 화(華)해야 한다
맑기만 해도 안되고 충만하기만 해서도 안된다
맑고 가득하고 따뜻해야 한다

오늘은 춘이월 집으로 오는 길엔
골목 끝에서 아직 거칠게 싸움들이었다
먼지가 일고 헛발질에 입간판이 흔들렸다
말하자면 그들도 사랑을 하고 있는 것이다
좀처럼 가지 않는 겨울과
안달이 난 봄이 되어 뒹굴고 있는 아,
어디에나 있는 빛이다

약속

첫눈 오면 대한문에서 만나자는 약속으로
눈 오는 날 덕수궁 앞을 서성이는 이들이 있다
여긴 눈이 오는데 거긴 오지 않는 탓이다
오늘도 어김없이 어둠은 내리고
사람들은 고무줄처럼 제 집으로 간다
그래도 무언가 남아 서성이는 것들이 있고
또 언젠가 저 곱상한 어둠처럼 어김없이
우리에게 죽음이 찾아온다면
죽은 뒤라도 어디에서 만나자고 당신과 쪽지 나누고 싶다
아, 그러면 어디가 좋을까
나는 지금은 사라진, 김포 개화산 너머 보물웅덩이
그 깊은 낚시터에서 만나자 전하고 싶다
퇴각하는 몽골군이 보물을 잔뜩 버리고 갔다는
그 소연한 웅덩이에 앉아
이승에서 못다 건져올린 금은보화를 끄집어내며
말없이 당신과 나란히 앉아 창포잎이나 되고 싶다
지금처럼 깊은 어둠이 내려
내남없이 세상 온통 한통속이라 하여도
내가 기다리던 이가 맞는지조차 분별이 필요 없는

잠시 그런 행복에 젖어
다시 헤어질 날이 오늘인지 내일인지
이게 산 것인지 죽은 것인지는 당최 관심도 없이

끝 간 데

누구나
사랑을 한다
그건 집에 문이 있는 것과 같이
사랑이라는 말에는
누구나가 살고 있기 때문이다
누구나
사랑을 한다
누구나에는 어디든이 자리하고
어디든은 언제나의 제 모습이다
제 모습에
왜냐고는 없다
누구나
사랑을 한다
그건 사랑이라는 말에 살고 있는
사람의 모습일 뿐이라
너와 나의 송두리라
왜인가 묻지 말고 차라리
죽음이라 불러다오
누구나

사랑을 한다
노을도 사랑을 한다
그러나 누구나에는 그러나가 있다
내 송두리 당신 앞에 선
아이처럼
아이 앞에 선
작은 문처럼

울다 가세

대욱이
우리 여서 좀 울다 가세

상분이 빠져 죽은 자리 아닌가
길 떠난 비행기들 아직은 조금 더 날아가고
활주로에 매달리던 들판자락 옹이져 매듭이 되어 선
내촌다리 여적 있네
다리 아래 고무신 닦다가
고무신 한쪽 물 위로 떠나가서
고무신 한쪽 잡으려다
영 따라나선
일곱살 내 사촌 상분이

베개 띄워 이틀 만에 돌아온 자리
상분이 꽃신 줍다 미끄러진 데
일어섰다 이내 겁을 먹고 돌아오는 물옥잠처럼
우리 울다 가세
이제 와 왜 우냐고?
뭐 놓친 것 있냐고?

그냥
울다 가세

비상(飛上)

다행이다
다행이다 바닷게가 찜통으로 들어가기 전
힘차게 날갯짓을 하고 있네

많이 꿈꿨을 것이다
바닥으로 바닥으로 게눈살이를 하며
밀려오는 물때들과 합창하며 밭을 일구기도 하고

저 밑에 깔린 하늘 기어다니며
하나둘 불가사리 같은 붉은 별들을 세었을 것이다

오늘은 어느 가난한 이의 얌전한 몸짓에 제 스스로 걸
어가
허공중에 한바탕 몸부림을 치다가
집게 끝에 매달려 만삭의 노래 부르고 있네

연

한낮 인적 없는 도랑 옆에 앉아
유우끼 쿠라모또의 피아노 연주를 들으며
김수영의 시를 마주하면 혼자가 아니라 셋인 듯
외로움도 가시지만 부끄럼 없이 옷 갈아입는 저
철 안 든 대추나무나 엇저녁 누런 밥상 밑으로
이슬 먹은 운동화 끈 동여매던 이
낙엽보다 먼저 낙엽보다 길게 뒹굴던 불면을 지나
내 가슴에 쓰레기를 무단투기한 당신도 있고
이 벤치 저 벤치 옮겨 앉아 젖은 몸 말리는 햇살도
낙엽 쓰는 이의 소란을 불구경하는 갈매나무도
다 흘러간 듯 허술해 보이는 언덕길 밑 운동장처럼
산허리 끌어 잡아 나그네 주저앉히는 이 주변머리
기울다 일어서는 능마루의 입술도 붉구나
나중엔 하늘이며 대지까지 부여잡고 말을 푸는 늦가을
온갖 소음 저요 저요 손을 드는 단풍숲도 지나
들창 열고 벽오동 아래
여봐요 여봐요 사는 게 다 이런 거 아닌지요
한마디 묻곤 서둘러 손을 거두며
어느니 스쳐가는 옷깃에 달아보는 끈 ──

너의 화엄

화엄을 읽었다

한 시절 매달린 경(經)의 끝이
잊으라,였을 때
억울해 너에게 편지를 쓴다

삼년간 벗이었던 화정공원의 물푸레나무
그마저 옹두리 만들며 스스로 물러서니
구청 직원은 곧 베어버리겠다 말한다 또
잊으라는 것이다
산 위에 오르면 장엄하던 눈 아래 세계도
골목길에 들어서 쉽게 잊혀지고
그게 모두 내 허물인 듯
내일은 일없이 이종사촌이나 찾아가봐야겠다

사랑도 나무도 읽지 말고 담아야 할 것을
한 시절 바라보다
화엄을 잃었다

뛴다

경기도 연천군 신서면 신탄리 경원선 철도중단점(서울기점 89km)에 10일 하오 1시반 겨레의 염원을 담은 차마기가 세워졌다. "철마는 달리고 싶다" 씌어진 이 차마기는 높이 4m의 기둥 위에, 가로 3m40cm 세로 2m40cm의 현판이 붙었다. (경향신문 1972.2.11)

풋풋하기도 전인 그해 나는 반공포스터 그리기 대회에
나가 뛰었다
신의주까지 가던 포화에 이지러진 미카형 3-244호 증기
기관차 그림 아래
"철이는 달리고 싶다"라고 굵게 적어 선생들을 즐겁게
했다
걷는 게 뛰는 거고 뛰는 게 나는 거란 걸 아직 알지 못하
던 그때
이미 나는 뒤처지기 시작했는데 백일기침을 오래 한 탓
에 숨이 차왔다
오늘도 기복이 차에 앉아 자유로를 달리며 심학산을 바
라보니
목을 뺀 낮은 산들이 내 곁으로 뛰고 있었다
앞서거니 뒤서거니 산이 마라토너라는 것을 이제 나는
안다

어제는 기항이와 참치회를 먹으며 바닷속 깊은 산을 생

각했다

　골짜기에는 많은 이들이 오르다 주저앉는다 그 사이에서

　다랑어는 부레 없이 태어나 일생을 한잠도 못 이루고 달린다고 한다

　남들이 지느러미를 살랑이며 동중정 단잠을 이룰 때 그는 달린다

　다랑어처럼 잠이 없는 내게 밤에 뭐 하냐 물으면 난 달린다고 말한다

　인간은 달리기 위해서 태어난다 헥헥 대기 위해 살아간다

　누구는 앉아서 누구는 뛰어서 누구는 매달려서 누구는 잠을 자며 달린다

　사람은 죽지 못해 달리고 달리지 못해 죽기에 ──

　내일은 마라톤 대회에 참가한 갈대들이 안산 와동운동장을 나서

　시화호를 달릴 때 언덕 아래 뒤처진 나 같은 참가자에게 손을 흔들 것이다

　그러다 흔들던 손으로 박수를 치고 박수 치던 손을 불끈

쥐고 나도 달릴 것이다

펼치면 축구장만 한 폐의 넓이가 당구장만 해져도 나는
서서 함께 달릴 테다

갈대들이 시화호를 떠나 영흥도를 돌아 자월도를 지나
태평양으로 달릴 때에

나는 멀리 사라지는 갈대들을 잃어버리지 않고 따라붙
을 것이다

분명 그럴 것이다 하늘 아래 누구 탓도 누굴 위한 것도
아니다

녹슨 차마기가 찢어진 옷고름 거머쥐고 언젠가 당도하여

잠시 길을 잃었노라 볼 수도 들을 수도 없는 이들의 소
음만 가득한 곳

무얼 더 바라겠는가 저 늙은 신에게

태양은 여전히 완고하고 시간은 말이 없으나

다만, 마침내, 철이는 달리고 싶다

그게 나의 등 뒤에 쓴 현판문이다

일몰

더할 나위 없이
해가 진다

위는 왜 위를 소화하지 않아
그렇게 묻던 아이 생각이 난다

아이니까 그런 질문을 했지 어른이면
그냥 위를 썰어 먹고 멀리
수초를 바라봤을 것이다

조심스런 물결을 바라보며
그도 더이상 다가가지 못했을 것이다

다 섣부른 식욕 때문이다

덤으로 간도 먹고 눈도 먹고 다리도 먹고 마침내는

무제

당신은 선장이고 나는 뱃놈이로세 뱃놈이로세

선장을 잘 만나면 새우잡이도 그리 즐겁다 하네 즐겁
다네

배부른 바다가 내 팔에 안겨 낮잠을 자네 낮잠이라니

입가에 침처럼 미소가 흐르는 동안 피부도 살아나고 마
음이 꽃필 때

가슴이 한껏 부풀어오를 때 보이지 않던 것들이 얼굴을
디밀 때

멀리 나는 기러기가 푸덕 두번 나를 향해 손직 하는 것
을 나는 모르네 전혀 모르네

만산홍엽이 빌딩 숲 가득하여 나는 신안아파트를 나와
무작정 걷네 걸어서 가네

경비가 공손히 인사를 하고 나는 더 공손한 인사로 파도
같은 선물을 주네 주기도 하네

당신은 선물을 가슴에 안고 파랗게 출렁이네 출렁거리네

파도로 지은 옷을 입고 경비는 심야 순찰을 나서네 앞서
서 가네

두 사람

장마라는 말만 아니라면
때는 장마라는 이유를 모르겠다
밤낮없이 비가 온다고 장마인가
잠시 그친 빗속에 성당의 마당 쓰는 노인을 바라보며
어제 텔레비전에서 우연히 만난
리비아 어느 협곡의 모래알 구르는 소리를 생각했다
죄 많은 이의 등짝이 그러할진대
세월의 파편이 물줄기처럼 흘러내리는 사막
한쪽으로 내달린 풍화의 잔등에 새겨진 이야기는
모두 어떤 인연의 끈일 것이다
바람에 시달린 바위들 길을 내주고
오늘도 나는 또 하나의 죄를 짓는구나

마당 쓰는 노인이 빗물을 몰아내다
다시 비가 오기 시작하자 허리 굽혀 안으로 든다
돌아와 결코 후회 없는 저 눈빛 속에 그어진 풍화
조금 떨어져 있어 보이진 않으나
빗줄기 피해 한곳을 바라보며 말 없는 우리 두 사람이
오늘도 멀리 가고 있다

아주 멀리 떠나 돌아올 수 없는 곳까지 가고 싶은
두 사람이,
갈 수 없고 돌아올 수 없는 곳을 바라보며
그렇게 빗속으로 쉬지 않고 달려가고
젖은 매를 맞을 때 고요히 스며드는 성당의 옛 종소리
밤낮없이 그립다고 다 사랑은 아닐진대
마를 날 없이 젖는다고 다 눈물은 아닐 것을 오늘은
시를 짓는 일이 죄를 짓는 일과 다르지 않고
마당을 쓰는 일이 시 쓰는 일과 다르지 않구나

허설(虛雪)

아이가
파르르 떨며 들어온다
눈이 많더냐 ─
하니,
아니라 몸을 돌려 웃는다
오후 내내
눈이 나리는 줄 알았다

눈을 학동 삼아
떠드는 소릴 들으며
책 속에 발이 속속 빠졌다
벽사창
양양히 내리는 눈 속에서
잠시 가난과 굴욕을 재우며
얼마나 따뜻했던가

푸른
오엽송으로 아이의 볼을 쥐니
금세 발갛게

눈이 녹아내린다
눈이 깊더냐

다,
빈 눈 덕분이었다

제 2 부

악연

언제나 아픕니다
아내의 투병은 나를 향한 것이고
나의 투병은 아내의 과녁으로 날아갑니다
습관처럼 날 선 말이 쇳소리를 낼 때마다
던진 말대로 둘 중의 하나만 악연이면
같이 못 삽니다
그러나 둘 다 악연이면 참고 삽니다
세상은 그러려니 하고 살 만합니다
울다가 세금 내러 은행엘 가고
은행 가다 이웃 만나 깍듯이 해바라기 되어
인사 나누며 웃습니다

해를 쫓는 달을 보셨나요
사랑하진 않아도 버리진 못합니다
뜨뜻미지근한 안타까움이 조금 있다고는 할까
누가 먼저 버려 버려져
해와 달 그 사이 같은 천벌을 받나
그걸 기다리며 그냥 세월 다 보냅니다
어쩝니까 그러다 빈터에 둘뿐인 것을

부슬비 오는 어느 가을날

손잡고 내지에 드는 것도 둘뿐일 텐데

악연이죠

일출

새벽에 일어나 원고를 보는데
아내의 얼굴이 어둡다

이 시집 상 받으면 장모 줌세
아내의 얼굴이 환해지며
뷁으로 간다

어느 법

초파일 절밥을 먹으러 산에 올랐다
김포 오일장 끄트머리집에서 왔을 법한
산채들 수그러진 비빔밥을 앞에 두고
문지방 너머 엉덩이가 다북한 이에게
아주머니 하고 부르니 답이 없다
아주머니 하면 못 알아들어요

보살님 여기 저분 주이소
돌아보는 보살 얼굴이 얼마나 고운지
얼마나 화한지

법당엔 들지도 못하고 산을 내려온
그이 오신 날
내게 님이란 언제나
고작 이렇게 왔다 간다

첫눈

등 굽은 한 늙수그레가
지퍼를 닫듯
쓸며 가는 외진 길

한때 그가 문을 열고
쏟아낸 말들 지우며

자귀숲은 등 뒤에서 그 구부정을 바라보다
더 말없이
첫눈처럼 보내주네

무명이란 가장 마즈막에 펴오르는 불꽃, 놀이
멀리 기러기 셋
하늘 열며 날아간다

대롱거리다
803호에서

강처럼 멀리 산이 흐르고, 하루가 가면
어느덧 언덕길 서로 걸친 저녁
누군가 나가 불을 지핀다
하얀 연기 구름 되어 날아가고 오늘 한번 더
양은 냄비는 안으로 흐느끼겠지

내 방이 작을수록
세상 그만큼 넓어진다 해도
이 고치 영 허공에 머물지는 않을 일인데
여와 저가 팽팽히 외줄을 탄다
떠 있다는 것
한때 바위와 해는 다르다고 말했으나
이제 다를 것도 같을 것도 없다고 믿는다
오늘도 해를 보고 앉은 바위
화가 나듯 드러난 저 북악의 쇄골을 보면
지고 온 것 서녘서 노는 해를 보고
만열을 참지 못해 헐떡이는 조부와 같구나
지고 뜨는 일이라니
성냄과 즐거움의 천연스러움이 저리 요지부동이니

나는 이리 고치나 짓는 것이 마땅도 하리
산속에 산이 있어,
산속에 노을이 있어
치닫는 분노야 남루한 갈 기슭 위에
억겁을 넘어온 저 더럭바위쯤이나
기실 여서 보면 북악이 아니라 동악인데
아무려나 한번이라도 세상에 순응하고자
멀리 던지는 눈 아직 날지 못한다

상고야, 네 고행 어디로 흘러가는지 침잠하지 마라
이미 둑은 터졌고 날은 가물지니
그래도 서운하여, 그래도 서운하여
풀 한포기 고립되어 있다고 치자
사방으로 손 내밀어 부서지고 흩어지며
아직 못다 핀 꿈도 지녔다 치자
그러나 더욱 서러운 것은
빈 빈 하늘처럼 앉았다 날아가는 저 큰 새, 바위
한포기의 풀을 노래하니 이미 그는
외톨에서도 멀어진 처연한 존재 아,

사나흘에 한번 북악이 온다

운무며 매연이며 황사까지도

가끔은 눈물마저 제치고 오는 회럼 앞에서

고개 숙여 마당 쓰는 여인의 앞섶 너머

보일 듯 말 듯 신묘한 가슴이여

저처럼 견고한 사랑이 있다면

오늘 아침 다시 희망의 옷을 입고 서도 좋으리

떠오르는 저!

가히 우주의 화룡점정이라 해도 뭣한

저이 오늘도 변함없이 냉온의 노래를 부를 때

안개의 집이 지난밤의 강인 것처럼

저처럼 한없이 뜨거운 곳 어딘가에서

내가 온 것은 아닌가 저어하다가

바다 같은 돌과 옹이 같은 해가 앞서거니 뒤서거니

사랑도 혁명도 남는 것은 잔해뿐이나

보석의 얼굴 또한 그러할지니 우리 사랑 다른 듯 같으
므로

생의 날카로운 결정체, 바위와 해를 바라보며 오

오늘도 빛나는 하루였구나!

윤중로에서

사랑하는 이에게 줄 꽃들을
아직 전하지 못하고 줄지어놓은 듯하나
내 기억으로 당신은 받은 꽃들을
차마 버리지 못해 여기 남겼네
예전엔 이렇게 꽃이 많지 않았지
남몰래 핀 것이나 몇몇
그러나 누군가를 향해 오늘은
하늘이 발 디딜 틈 없네
아무리 보아도 외로워도
내일 다시 볼 것도 아쉬워
당신 하나가
갈수록 살기 힘든 이유처럼
내 사랑 아득한 일들처럼
꽃은 피리
꽃은 지리

당신의 꽃길
끝을 열지 않기 위하여
내 봄 닫네

용각산

　기침보다 용각산 먹기가 힘들다던 해병 2기의 5촌 당숙
이 힘차게 세상을 뜨시던 날 뒤달 전까지만 해도 국산 코
란도를 몰고 휙 들어서며 안 돼, 안 돼 이장은 안 된다던 그
양반의 무거운 속을 알게 되던 날 해가 맑고 날은 가벼웠
다 입에 털어넣기도 전에 턱밑에 날려 영 면이 안 선다던
용각산 같은 생이 한번은 이 지구의 기침을 멈추게도 했을
까 암, 했을 거야 그렇지 그랬을 거야 허우대 좋고 심성 좋
고 한번 인간은 영원한 인간일지도 모를 해병 2기의 당숙
은 이 맑은 날 참 화하게도 날리며, 가셨다 가버리셨다

사랑 운운(云云)

어김없이

해가 뜨는 이유를 나는 모른다

생명을 위하여?

그러기엔 너무 뜨겁지 않은가

타면서 멀리

밀려온 우리

그러나

이제 수평선을 넘어가는 사연을 좀 알겠네

영속이란 없다는 것

없는 영원에도 끝은 있다는 것

그러니

나는 오늘도

사랑 운운

버크에서

적토(赤土) 위를 걷다 돌아와
너를 잊는다는 것을 잊고 잤다
김포벌 들쑥 성긴 오류정 너머
동쪽으로 난 창문 하나 지운다는 것을 지우고 잤다
벽을 만지며 먼저 질끈 눈을 감고 백열등을 끄듯
붉은 대지를 걷기 위해선 너와 걷던 곳
타오르는 불덩이쯤은 놓고 왔어야 했다
아닌 듯 겨우 돌아와 누워선
얼마나 많은 짐승들의 발바닥이 붉게
물들었는지를 세며
해 지는 쪽으로 섰는 것을 두고 왔어야 했다

아, 나도 어디선가는 원주민일 텐데
원주민 하나가 파란 술병을 입고
찢어진 티셔쓰 하나를 들고 길을 건넌다
돌아보는 일도 돌아보지 않고
붉은 돌 하나가 마을 끝으로 사라진다

장관

씨드니 너머 브로큰힐에 가면
유채꽃 밭이 칠십여리에 걸쳐 장관을 이룬다

그러나 기실 다가가면 밭이 아니라 야생의 들판이다
오십여년 전 유채꽃 농장에서 날아온 유채씨들이
터를 찾아서 노란 세상을 만든 것이다

그러나 다가가면 노란색이 아니라 푸른 밭이다
노란 유채 꽃송이 밑에 팔을 펴 세상을 들고 있는
파란 잎들이 산을 이루고 있다

그러나 다가가면 푸른 산은 힘줄 같은 줄기들에 이어져
있고
그 줄기들은 다시 붉은 대지에 닿아 있다

내가 섰는 대지에 칠십여리
유채꽃 파랗고, 노랗고, 붉은 세상이 춤추고 있다는 걸
나는 아는가

캥거루가 우는 밤

동물원 가면 네 울음 쉽게 구할 수 있다는데
그건 등짝이나 마찬가지지
내 등짝 같은 여자의 등 뒤에서
네게 던진 질문은 이랬다
너는 발등을 보며 뛰니
쌘드백 삼아 별을 치는 너를 보고 웃으면 안 되니 울어
야 하니
왜 자꾸 등짝 등짝 하겠지만 우는 여자의 등짝만큼 아쉬
운 것도 없다
잊고 왔을까
버크 읍사무소 불빛이 희미하고
여기선 등짝을 일구는 일처럼 드문 일이 가끔 우리에게
도 온다
우리가 별이려면 누군가의 헛손질을 봐야 하는데
너는 발등을 보며 뛰니
고개 숙이는 걸 얘기하는 게 아니라
마음 가는 걸 얘기하는 것이다
어느덧 내 등을 바라보던 읍사무소 불빛도 사라지고
내가 너였던 내 앞의 등짝도 사라지고

한줄로 멀리 울음소리 걸리는 밤

너는 발등을 보며 뛰니

육아낭 속의 모든 울음은 이미 울음이 아니니

김포는 항구다

강화 외포리쯤에서 한번 닻을 내린 바람이
장릉산을 넘어 줄지어 들길을 걷는다
먼 곳에 사는 이들은 거듭
비행기 소리 시끄럽지 않느냐 묻지만
들고 나는 이들 부럽지 않느냐 묻지만
한마디로 말해 나는 그렇지 않다
누대를 살아오며 조금씩 귀는 먹먹해지고
눈은 들판 끝을 넘을 필요가 없었을 것
날아가는 이의 다사로운 합창소리 따라가며
목이 꺾이도록 사랑을 찾아 멈추어 섰다면
내 안에 쏟아지는 소리쯤은, 울렁거림쯤이야
길은 멀었어라 배를 밀며 미끄러지는 귀환에
내 안의 사금파리 혹은 어느 파편이
저들의 배꼽을 훌치지나 않나 염려가 될 뿐
나는 잠시 농익은 갯벌이 되기도 하는 것이다
새롭게 들어선 아파트 불빛도 마을 끝부터
하나둘 손을 들 때마다
멀리 개화산 철쭉이 하루 일을 마치고 돌아가는 모습을
비행기는 두 팔 벌려 환호로 답한다 이제

가을 들길에 운하가 길을 내고
신도시의 흥분이 쉽게 가라앉지 않지만
제풀에 멀리 다녀온 꿈이 아직 요란하게 돌아오며
새로운 낱알들이 새우처럼 빛나는
김포는 항구다

텃밭에서

그때 나는 아픈 몸으로
여자의 곁에 있었다
여자는 푸새밭에 앉았고
저녁 해가 나를 바라보았다
지는 해와 뜨는 해 사이는
가슴 하나라고
오뉴월 붉은 밭에 앉은
무가슴이 말했다
며칠을 울어도 내다보지 않는
소쩍새 울음소리를 담으며
서둘러 불꽃을 지우는 숯덩이처럼
우리 아픈 그림이 오래가길 바랐다
침묵처럼 두터운 것도 없겠으나
꼭 말문을 닫아야 할 이유도 없는
허우룩한 저녁
가슴이 등이 된 여자는
텃밭가에 솟아나는
물이나 마시라 한다
거세게 뿜어낸 자리에 옴폭 고인 뭣 ──

이끌리고 당기는 해와 달 사이에 끼어
어제는 자다 깼다
자다 깨 네게 닿으니 가슴이었다
자다 깨 닿는 곳이 제 가슴만은 아닌 것을
이러구러 푸성귀가 피어나는 텃밭가에서
묵정 하늘에 지장(指章) 하나 새기며
오늘이 다 가도록
무성영화가 돌아가고 있었다

꽃

그 향기 아직 뜨거운
저 꽃의 마음을 안다
순대며 명자빛 떡볶이 성김을 뒤로 하고
구석에 등 돌려 오뎅 꼬치를 삼키는 목멘 외로움, 아

그 소태로움 혹여 세상이 알아챌까
유리창 밖으로 얼굴 들지 못하고
없는 고향 흰눈이나 뿌리며
행여 누군가 알아볼까 숨죽여 뜨건 국물 넘기는
병든 노구의 기울지 않은 향기,

그게 꽃이 아니고 무에냐

크레인

안개 속에 걸어오는 숱한 사물들이
백척간두를 지나 제 갈 길을 간다
오늘의 아픈 이야기는 어제의 소망이었구나
꿈결인 듯 흩어지는 햇살 속에
어둠을 밀어내고 홀로 남은 거수(擧手)
몇개의 계단을 더 오르다
차가웠던 지난밤을 일으키고 섰네
견인이란 한쪽 다리가 조금 더 무거운 것
크건 작건 한채의 집을 세운다는 건
깊은 어둠이나 안개 속에 발을 내리고 서 있는 일
무심히 지나는 자동차를 내려다보라
온몸으로 끌어내는 맑은 햇살군(群)
서역의, 발음조차 낯선 멀리 살던 바람도
겨드랑이를 스쳐 지날 때 몸을 돌려선
지구를 둥글게 쓸어보는 나의 느린 컴퍼스
내가 안은 모든 사물은 문틈을 지난다

꽃의 입멸

마을 앞 절개지 아래 물이 괴던 곳에
구청서 알 수 없는 꽃씨들을 흩뿌려놓아
하루아침에 마을은 꽃천지가 되고 말았다
지나다 이곳서 양귀비를 처음 보았다는 이
자주와 분홍이 오목조목한 꽃은 꽃이 아니라는 이
어느날은 꼭두서니 같은 꽃 앞에 서서
서로 안다 목소리 높여 싸우는 이들도 있었다
꽃이 너무 많아 무얼 볼지 모르겠다는 이는
쌩 찬바람을 일으키며 돌아서 내처 갔다

그렇게 바람이 잠시 머물다 지나는 동안
꽃들은 부족회의를 열어 다투고,
자신의 뿌리를 더 깊이 내리기 위해 색깔을 숨기고,
작은 꽃잎의 군락을 위해 더 키를 세우고,
그러느라 여린 가지들을 물속에 침몰시키고,
겨울 들판은 아예 오지 말라고 했다

봄은 영 가지 않을 것 같았다
봄은 가지 않으나 더이상 꽃이 아니라는 것을

구청서도 모르고 바람도 모르고 저들도 몰랐다

떨어져 나간 격랑만이 듣고 하늘의 윤곽만이 알아차리는

소리들을 숨기느라 향도 색도 바람 속에 묻혔다

꽃의 중심은 언제나 절개되고 돌의 애액들

깨진 틈에 부는 바람으로도 한껏 몸을 흔들던 꽃의 입

멸은

먼 이야기가 되어 있었다

꽃이 피네

지훈의 장례를 준비하며 김종길은
지훈을 두고 만약 나라를 맡겨도
안심할 수 있는 사람이라 목월에게 말했다 한다
먼 산 그리메를 바라보며
나라를 맡겨도 좋을 벗을 헤아리니
해질녘 새털구름처럼 꼬리를 물고 여럿이 떠오른다
오월서 유월로 넘어가는, 눈과 마음이 한껏 연한 초여름
이때는 아카시아 잎새에게 나라를 맡겨도
세상은 향기로우리
꽃이 지네 꽃이 지네 해도
피지 않은 꽃이 질 리는 없다
향기 없는 꽃이 한 시절을 더 번져가듯이
피기 전에 한번 더 피어나라
오늘은 햇살 어느 쪽에서 따뜻한 이별이 있었던 모양
바람의 장례를 준비하며 능소화는 꽃잎 떨궈
자신의 부리가 닿아 있는 곳을 알리는데
편치 않은 나라를 걱정하는 밤
어디선가 손등 같은 바람 한줄기 불어온다
나는 무색무취의 바람만 한 꽃을 아직 찾지 못했네

가을의 정리(定理)

시월 바람이 제법 차다
찬바람 붙들고 서면 발끝이 먼저 절벽에 닿지만
고개 들면 이미 나는 먼 절벽을 떨어져왔다
소나기 퍼붓는 안도
따뜻하여라
이제 부정(否定)의 굳센 말만 던지면 되니
발길 돌리는 가벼운 수고 하나 못할까
먼 길이나
돌아보면 이미 더 더 아득한 길을 건너와 있고
아늑하여라
물안개 찍어 먼 산 보는 노루 까막눈

제 3 부

그냥 그래야 하는 것처럼

폴란드에서 주워 온 도토리 한알이
깨진 간장종지 안에서
잘린 손마디처럼 검게 쪼그라들고 있다

폴란드라 비껴 말했지만 실상 아우슈비츠다
사는 게 그냥 그래야 하는 것처럼 언젠가 나는
옛 서대문 형무서 터 사형장 입구의
늙은 미루나무 곁에서 사진을 찍었다
나무와 나란히 선다는 일
부동의 자세가 세상을 멈추게 하거나
되돌릴 수 있다고 믿는 것은 아니다
그러나 그냥 그래야 하는 것처럼
아무도 바라보지 않는 빈 하늘에
작은 잎들이 조금씩 물감을 칠하듯
시간이 갈수록 형편이 나아질 수는 없을까
잠시 섰는 동안 그냥 그런 생각을 했다
나무는 상처보다 먼 거리를 간다
어렵게 곗돈 풀어 유럽까지 날아온
일행이 저만치 빠르게 사라지는 동안

서둘러 가스실 앞의 신갈나무 앞에 섰다가
그 나무가 내놓은 도토리 한알을 주워 들고
돌아서 뭔가 큰 걸 훔친 듯 잰걸음으로 일행을 따라붙
었다
나무의 기억을 믿지 못해서가 아니라
삶이 그냥 그렇게 살아야 하는 것처럼

설중매에 미안해서

우리는 눈꽃처럼 겁쟁이라서
분분히 걷노라면 슬픔이 기쁨을 이기고 누르지만
돌아앉아 마주할 때 여지없이 미소가 발을 디민다
홍대 앞 가던 길 버스 안에서
청각장애 아주머니가 온몸으로 찾아준 장갑 한쪽을
돌아오는 길에 끝내 잃어버리고 말았다
우리 나이는 장갑 챙기느라 다른 걸 다 잊어버려 ─
혼자되어 돌아온 여동창 아이가
눈길에 던지던 말이 소박맞아 밤길로 내려앉는다
찬 길에 슬며시 잡아준 손이 쑥스러웠는지
늙은 아이는 끝내 그 한마디뿐이었고
붉게 언 손이 차라리 덜 쓰리던 기억
끝내 지키지 못한 어느 택(宅)의 한쪽이라도 되는 듯
되돌아보고, 뒤돌아보고
없는 걸 알면서도 길 위에 서서 한번 더 보고
풀 죽어 늘어진 추운 겨울날
얼어붙어 바라보는 뿌연 빌딩숲
꽃이 지는 이유만으로 붉어지는 낯빛만으로
겁쟁이라 해서 미안하다 산모퉁이 바위 뒤

눈꽃은 녹고 눈꽃은 흐르고 이 수줍음 다하기까지 얼마나
저 먼 길을 달려왔을 것인데
얼마나 길 위에서 제 언 손 보듬고 눈물 보따리 그러안고
소리 없이 녹으며 서 있었을 텐데

너와 나

외롭다는 것과 의롭다는 것은
한 자 차이거나 좀더 되는 것 같아도
나는 같은 말이라 믿는다
아, 다르고 어, 다른 법칙이 없지 않겠으나
세상이 때론 그런 것처럼
모른 척 넘어가다 들켜도 우기고 싶다
외롭지 않고 의롭기 쉽지 않거니와
의롭지 않은 외로움 또 어디에 쓰나
이렇게 생각하면 하루도 하늘만 같고
들숨도 날숨인 듯
너와 나 언제부턴가
그보다 더한 일과 같으니 이슬이 구슬 되고
구슬이 서슬 되는 내리막에도
외로운 길로 가면 절로 따라오는 뒷

김포에서

1

마을엔 강물 따라 긴 철책이 하나 달려가고 있었다
사람의 일이나
흐르는 물만 빼고 세상이 철책 안에 잡혀 있었다

2

강물이 화해든 권력이든 알 수 없는 이유로
슬그머니 우리 곁에서 사라지기 시작했다
누가 보면 미친 짓이겠지만,
겨울비 맞으며 강가에 나가 파란 손들을 잡고
나에게 등 돌린 강물을 보았다
오래전 와봤던 장어집이며 거기 홀로 앉은 옛사람
역사는 또 어떠했던가
잔물결 일구어 한없이 작게만 되돌리던 쪽거울
아득히 사라진 갈대밭이며 낙하산 수(繡)를 뜨며 내려앉
던 백사장

나 땡볕에 걷던 발자국까지
빗속에 떨며 흔들리며 떠나가고 있는
마을 앞 행주강에 나가
다시 검은 종이벽을 펼쳐보았다

3

먹종이에 대고 마음 두드리는 대로
검은 탄산은 날아가 강물에 새겨지던 지난날
그때마다 물살은 일고 일어서
거칠게 어디로 흘러가는지 알 수 없었으나
탄식과 하품이 흘러 역사가, 된다는 것을
어느 새벽인가 짐작해본 적이 있다

4

이제 수명을 다해 먹종이로는 영 쓸모가 없어진

이면지 같은 강물 위에 있는 힘을 다해 쓴다

온다는 말 없이 당신이 와도
더없이 반가운 이는 얼마나 좋을까
말없이 왔다 말없이 가도 세상은 웃고 있을 테니
인생이 널브러진 꽃밭 같다고,
아니 말할 수 없네

형

1

나보다

늘 한척 느린 이가

나 졸며 졸며 들길 거니는 사이

골목길 재우는 사이

한척 먼저

사라져버렸다

그래도 어쨌거나

앞선

바람이었다고

2

염할 때

빈손이 부끄러운 듯,

그는

마지막 가는 응급차에서

붉은 가슴을

움켜쥐었다고 한다

흰 구름

내가 아무 일도 하지 않는 것 같지만
나는 당신이 안하는 일을 한다
당신이 안하는 일은 하지 말아야 할 일 같지만
당신은 그렇게 말하지는 못한다
그러므로 당신이 선뜻 말하지 못하는 것을 나는 한다
그게 저 무한의 노을 속에선
어떤 모습으로 살아 있는지 헤아려보라
당신이 부정해 마지않는 것과
당신이 지금 행하는 것의 거리
욕심의 둘레란 그런 것이다
구름도 둘레는 있다
둘레로써 오늘은 작은 곰이 누워 자는 모양을 만들었다
그러나 흘러내리는 옷은 누구의 관심인가
그 안의 몸
그 몸 안의 그림자
그림자 안의 얼룩무늬
얼룩무늬를 입고 걸어가는 푸른 창밖을 보라
당신이 바라보지 않는 하늘에
하늘을 향하여

당신이 조용히 무릎 꿇을 때
나는 당신이 걷지 않는 길을 걷는다

안부

한동안 시를 놓았습니다
말 안 듣는 둘째를 방목하듯이
손을 펴고 말았습니다
그러나 호구를 전혀 외면한 것은 아니어서 지책으로
더도 말고 덜도 말고 오만원짜리는 엮으며 살았습니다
집 나간 아이는 한동안 억새숲을 배경으로 걷다가
부러지진 않고 한풀 꺾여 돌아왔으나
어느것 하나 쉬운 일이 아니었는지
아이의 종주먹만 조금 더 자랐습니다
초승달처럼 내리 새기며 산다는 일
고통이 수성(水性)이라는 것을
붉은 노을에 잠긴 보무리 저수지가,
슬픔도 힘이라는 것은
흰 눈 쌓이는 일산 능마루에 서서 보았습니다
리어카 꽁무니를 밀며 아래지향적으로
미물지향적으로 눈물 떨구던 그때도
앞으로 앞으로 나아가기 마련이었으니
차라리 길에다 손을 벌리고 시를 쓰던 때가 좋았습니다
시간이 되어버린 아내여

안녕하신지요

유채꽃 짙은 물결은 여전히 무색한지요

물 아래 괴는 그리움도 언젠가는

옥빛 하늘이 되겠는지요

꽃은 피다

개화역 오랜 친구 사무실에 놀러가
깜박 졸았다

당신이 자란 마을 개화동
당신이 서서 활주로를 바라보던 개화산
당신이 걷던 개화리 들판에
9호선 종점 개화역이 생기고
어린 날 친구는 그 건물에 세 든
버스 회사에서 사무직으로 일을 한다

꽃도 피는 봄날
지나다 까페에서 글을 쓰는 당신을 데려다놓고
친구는 사장에게 결재 맡으러 가 두시간째다

창밖 어린 날의 봄볕이 아득해서인지
친구를 기다리는 동안 깜박 졸았다

당신은 평생 졸아보지 않은 사람이다
누워서도 쉽게 잠든 적이 없으니

그것도 남의 빈 사무실에서랴

길 건너 사는 어머니에게 전화를 걸어
나 대욱이 사무실에 왔는데 보고 싶으면 건너가고요
아니다 됐다 아휴 우서라
그런 애들 같은 대화 끝에 친구를 기다리는 동안
친구 책상에서 뽑아 든
『젊은 베르테르의 슬픔』을 무릎 위에 놓고
깜박 졸았다

나이 탓인지 난생 처음 졸다 깨
꽃도 지는 봄날
잠시 이 세상이 아닌 듯 멍해 있다가
서둘러 다시 당신에게로 돌아왔다

조금은 나아진 듯 서류를 들고 껄렁거리며
친구가 미안한 표정으로 돌아오듯이

종소리

　제주에서 종식이가 귤 따주고 받은 파치 한상자를 보내
며 굳이 우리 같은 인생이잖아요 해서 웃었다

　남들 예쁘게 화장할 시간에 해찰 부리며 더 느리게 익었
을까 싶어 웃었다

　빗길 정류장으로 가던 수림이가 발끈하더니 다시 중심
을 잡고 미끈하게 걸어가 웃었다

　빙어축제에 넋이 나간 구름 둘이 서로 봄이라 밀며 가는
꼴에 웃었다

　때때로 뭔 일로 분하다가도 화가여생(禍家餘生)이라 믿
으니 욕심이 잠시 기우뚱거려 웃었다

　이 나이 되면 인생은 종 친 거다 싶다가도 폐차장서 날
아온 파지(破紙) 같은 주홍빛 종소리에 웃었다

　눈은 오는데, 덩그렁덩그렁 늦은 밤 눈이 와야 더 멀리
간다는 종소리 사연을 듣고 웃었다

　얼굴 예쁘기로는 계양산만 한 이 없겠으나 그 마음 훔쳐
사모하느라 웃었다

　그리고 조각난 겨울이 갔다

흰 눈

제주 중산간서 나는 무슨 차라는데
우려서 주고 우려서 주고 또 물에 담그고

그러나 나는 평야서 흰밥만 먹던 사람
감자를 들어내면 먹을 밥이 없었다던
양구 출신의 공인중개사가 내주는 맑은 차
맑은 차 한잔이 식어가는 동안
뭔가를 우려서 전하고 우려서 전하는 사우삼거리

그러나 한때 나는 평야서 흰밥만 먹던 사람
밖은 찬데,
세 얻으러 나선 밥알들이 누울 곳을 찾아
한걸음 유리창에 안기는 세밑

오늘은 어느 위안 받은 한 부류의 혼백이
마음을 풀고 무더기로 녹아내리고 있다

소금기둥

아무래도 나는 롯의 아내가 되지 않기 위해 이 얘길 전해야만 하겠다.

어린 자식들 먹여야 하니 네가 대신 남으로 가라. 죽을 고비 서너번에 고무신까지 갯벌에 벗어준 채 교동서 김포로 오빠 찾아가는 먼짓길이다. 흰둥이 검둥이 태운 미군 트럭이 지날 때마다 연백 촌것이 보따리 들고 갓길도 아닌 굴렁밭으로 뛰어내리지 않았겠니. 흰 저고리 검정치마는 또 얼마나 볼만했을고. 그때마다 그게 우스워 양키들이 손가락질하며 크게 웃곤 하더구나. 고촌에 당도해 올케가 처매준 복대 속 돈주머니를 친척 앞에 풀었다. 애들은 위험하니 간수하마 가져가 영 달아나버리더구나. 어둠을 지고 들어온 오디 얼굴의 오빠는 첫마디가 올케는 안 오고 왜 네가 왔냐 소리부터 지르더라. 피난살이 고되고 젊은 아내가 보고 싶기도 했겠지. 올케가 전해주라던 그 잃어버린 전대 오십만환 얘기를 보따리처럼 안고 평생 끙끙 앓았다. 50년이 지난 언젠가 큰오빠 세상 뜨기 전 맥 놓듯 고백을 하자 그랬구나 하고 검불처럼 털어버리고 떠나더구나. 그렇게 내처 김포서 시집살이하면서도 고향 연백은 아직 가고 싶은 마음 하나 없더라. 어디 간들 이 한 몸 반길 곳은

86

없다 믿고 살아왔다. 이제 저승도 두렵지 않구나. 아니다 두렵다.

이게 요즘 식으로 말하면 대인기피증으로 평생 집 밖 출입을 두려워한 내 어머니의 손가락 마디만 한 발병 원인이다. 다행히 유전이 아니라 내게서 대물림이 끝나는 짧고 고마운 내력이기도 하다. 삼팔따라지 사팔따라지 돌아봐야 부지깽이만도 못한 세월. 그러나 나는 앞으로 앞으로 돌진하리니 이제 더이상 소금기둥 될 일은 없어진 것이다. 돌아볼 일은 없다. 어느날 정신 나간 늙은 개처럼 비명처럼 통일이 오든 말든 괴여할 바 아주 아주 없이.

길

꼭 기복이같이 생긴 정기복이가
밀며 끄는 택시를 타면 깊은 밤이다
모처럼 등받이가 푸근해
개성까지 가자 뻬쩨르까지 가자
객쩍은 실랑이로 분위기 망치다가
승차거부냐 김포에서 생떼를 쓰다 내리면
그나 나나 새날은 방구석서 나오질 않는다
이 숙취 얼마를 더 가야 하나

여백

어둠을 밟으며 책장이나 넘기다가
되잖은 버릇대로 여백에 몇자 적다가
아 시립도서관서 빌려온 책 아닌가
화들짝 놀라니 해가 떴다

식어가는 어깨 너머 창밖을 펼치는데
아 내가 그제 헌책방서 산 거지
두번 놀라자 속이 쓰렸다
어느덧, 내 사랑
이리 되었구나

손

무정처가 피안이다
누군가 낙엽에 대해 묻는다 하면
뭐라 딱히 말하지 못한 채 살얼음 피는
강물을 거슬러올라가보자
오래전 아무 생각 없이 이 길 내려갈 때도
초승달만 멀리 내 머리칼 쓸어올렸지
흘러 떨어지는 것이 무언지 알지 못한 채
세월이 이만큼 다가서 나는 또 까맣게 새벽 산길을 간다
그러나 안으로 흐르는 것, 그 누구든 모른다 해도
가끔은 강물도 조용히 거슬러 흘러간다네

어느 식당에선가 묵은밥을 시키며
메뉴판 아래 하얀 낮달이 뜰 때
사람이 다 사람이 아닌 것처럼
달도 다 차오를 수 없다는 걸 알면서도 때를 기다린다
왜 아래로 떠오르면 안 되나 밑으로 높아지면 안 되나
그런 허공에 붙은 파리떼의 간절한 외마디도 크다
나는 오늘 파리의 손바닥에 또 한 손 내밀며
가끔은 강물도 조용히 거슬러 흘러간다네

입, 입춘

매화 꽃비 내리는데
이사란다
크레인 끝에서 울리는 주말 팡파르
올~려!

분리수거 나와 하늘 향해 꺾어진
입들에 화들짝 피어버린
봄

화학반응

딱히 말할 곳이 없어서
그래도 꼭 한마디 하고 싶어서,
지나가는 아이 반짝이는 뒤통수에다
사랑해 ── 속으로 말했다 그러자
아이가 쑥쑥 자라며 골목 끝으로 사라진다

제 4 부

여자란 무엇인가

팔순을 훌쩍 넘긴 어머니를 모시고
어머니 조카사위 보는 혼례식에 다녀오는 길이었다
리츠호텔서 고기를 씹을 때부터 기가 죽은 노모는
언덕을 내려와 강남역 전철 타는 지하 사거리에선
장터 나온 듯 조금 기운을 차렸다

그렇게 이리저리 사방을 둘러보다
젊은이들 손에 커피잔이 하나씩 들린 것을 보고
신기하기도 하고 반백의 자식이 안됐는지
손가락질을 하며 너도 저거 하나 사줄까 한다
아이고 엄마 빨리 갑시다

그 얘길 하고 싶은 게 아니라
이년이나 지나 어느날 그 장면을 되새기며 웃자
늙은 여자는 머뭇거리다 수줍은 듯
검사라더니 석달 만에 헤졌대
내가 말을 안했다
그 쑥스러운 한마디에 차곡차곡 숨기고 싶은
친정, 여자, 도랑물, 사랑, 피난, 오빠, 살구꽃

뭐 그런 것이 왈칵
손에서 뜨거운 커피잔 놓치듯
쏟아져내리는 것이었다

저 혼자 옹기종기

반듯하게 걸린 신발가게 간판만 보아도
마음 퍼덕일 때가 있다
그 밑에 나란히 섰는 문짝만 봐도
그 안에 가지런히 놓인 고무신만 보아도
그 구석에 앉은 주인의 간절함은 또 어쩌랴
오지 말라고 얘기해놓고 보니
괜찮다고 말해놓고 앉으니
기다릴 때 그렇게도 허전하던 마음이
부끄러워 도망가고 싶던 노새가
갑자기 오늘이 청명이란 걸 알리는 날씨처럼
꽉 찬다
서대지 않고 옹기종기 들앉아 있으면 좀 어떤가
저 혼자 옹기종기라는 말은
얼마나 비상식적으로 아름다운가 특별한가
팔리지 못한 마음의 주인이면 또 어떤가
그 주인의 이름을 보란 듯이 알리고 있는
아는 이 없는 간판이면 또 좀 어떤가
그런 생각만으로도 반가운 청명 하루는
꽉 들어찬 저 홀로는 또 좀 어떤가

9·11
김포에서

엘리베이터를 벗고 아파트 입구를 빠져나오며
이어폰으로 베토벤 교향곡 5번을 맨몸 가득 담는다
머리 위로 보잉 747 동체가
배를 깔며 소리 없이 다가올 때

나는 360도 목을 비틀어
미끄러져 오는 비행기 배꼽을 따라가며 물었다

너는,
어느 유곽에 가 박히려느냐

한되

논 열댓마지기 물려받은 호균 아재는 술만 취하면 김포가 금포 되는 날 타령이었다. 그러나 그 누구도 김포가 금포 되리라 믿는 이는 없었다. 허나 세월이 흐르니 김포가 금포 되기도 하였지만, 정작 주정뱅이 아재도 그의 논도 다 사라진 뒤였다.

또 마을선 영 기약 없이 빠져나가는 말장난으로 공항에 배 들어오면, 하는 말이 있었다. 돈 갚아, 하면 공항에 배 들어오면 하는 식이었다. 그러나 세월이 흐르니 정말 공항 활주로 곁으로 운하가 뚫리고 벌판을 거슬러 배가 들어오고야 말았다.

세월이란 이렇게 우리가 전혀 예상치 못한 일을 전해주기도 한다. 세월 앞에 장사가 있을진 몰라도 장사를 비껴갈 수는 없다. 뿐이랴.

침 놓는 이, 지붕 잘 올리는 이, 상쇠만 잡는 이, 염하는 이, 돼지 접붙이는 이, 대소사에서 돼지 멱을 기가 막히게 따는 이, 고장 난 기계들 손을 잘 보는 이, 우물 팔 때 땅속으로 들어가 남포에 불을 댕기고 잽싸게 기어나오는 이,

또 그걸 곁에서 내려보다 달아나는 간 큰 이, 조반부터 점방을 들어서던 주정뱅이, 반쯤 나간 정신 영 돌아오지 않는 이, 삼팔따라지, 선거 때면 나서는 이, 울긋불긋 곤당골네,

　몇 안되는 가호엔 이들 말고도 조 한되 정도의 뭔가가 오밀조밀 쟁여 있었다. 듬성듬성 자리를 비운 이〔齒〕의 부재. 그들은 지금 어느 지붕 위로 날아가 젖니가 되었을까.

화정터미널

너를 보내고 온 날은 화정터미널에 나가 앉았다
하나둘 거리의 집이 드나들고 하기 수양회에 뒤처진 아
이가
둥근 눈으로 매표소를 오간다
네가 떠난 날은 모두가 떠나고
경비원도 차마 불을 끄지 못해 서성이는 밤
긴 의자만 나란히 성긴 잠을 자겠구나
재건축을 기다리는 건물의 화장실 앞 젖은 물빛도
가을 외투로 성큼 다가오는 밤
이층이나 삼층이 지금은 무슨 사무실일까
야근 중에 엎드려 잠을 청하는 소녀의 눈가에 걸린 달
발뒤꿈치도 계단에 목이 걸려 이면에 조는데
때 없이 서러워 막차로 떠난 너만 원망한다
텅 빈 터미널의 티브이에선
침몰하는 배의 승객들이 때를 기다리는 동안
선원들은 취해 잠을 잤다 하나
그게 대체 뭐가 중요하단 말인가!
이미 우리 모두 침몰했었고
떠나거나 기다리거나 잠시 자리만 바꿔 앉았을 뿐

염원하던 형광등도 천장을 타고 나와 문밖에 서면
뒤처진 우리가 알 수 있는 것은
아무것도 없다는 이면을 알고
나는 산길을 걷듯 화정터미널로 가 잠을 청할 것인데

우수파(憂愁派)

별유천지 진일몽(進一夢)

사랑도 정열도 휘어지며 어느 누굴 떠나온 비가 내린다

하늘과 땅에 그어진 공적도(空籍圖)를 떼러 오는 사람들

나는 화정공원에 앉아 돋보기 너머 눈을 치뜨고

우수수 몰려오는 우수파의 얼굴에 초록과 굴절의 공중
을 보낸다

사흘간 향음(香飮) 속 분주했던 부은 눈에 이천평의 미
소(微笑)를

밤새 허벅지를 내주고 나오는 젊은이에게 오천평의 담
소(談笑)를

34년 만에 찾아온 편지를 품 안에서 꺼내 말리는 늙은이
에게 만이천평의 신소(哂笑)를

잠시 쉬는 동안 발끝으로 엄마 보고 싶어를 쓰는 알바에
게 팔천평의 앙천대소(仰天大笑)를

무료에 지쳐 분신을 꿈꾸는 무직자에게 오백평의 홍소
(哄笑)를

작은 별보다 더 작은 별들에게 열두평의 파안대소(破顔
大笑)를

빈 주머니의 시인에게 삼백평의 폭소(爆笑)를 그렇게

청정한 세계를 분양할 때 하얀 햇살이 밭을 일구고
우수파들 우루루 공원을 빠져나가며 안경을 바로 쓸 때
빗줄기는 사라지고 이별은 흘러가고
턱을 괴며 멀리 산 너머로 가벼이 기러기 난다
기러기 난다
구름도 웃는 오늘 하늘도 앞으로 나아가는 별유천지
모든 꿈속의 어기영차 밀려가는 따뜻한 날에

태종대

왜 그렇게 눕지 않고 서 있었을까
돌아보면 아찔한 청춘
죽을 일도 많았지만 죽일 일도 많았으니

자살바위 거기엔 이런 푯말이 서 있었다 하지
한번 더 생각해보시오 ─
그래서 생을 마치러 가던 이가
갈 때는 고개 숙여 지나친 이가
마음 돌려 돌아오다 그걸 보고선
다시 돌아가 한마리 새가 되어 날아갔다지
새가 되어 멀리서 바라본다지

난(蘭)

지난밤의 인연을 끊지 못하고
화덕처럼 길게 모로 누워 있자니
창가의 난초가 난, 난 말입니다
산다는 건 저거, 저거라 생각한다며
떠가는 구름을 날카롭게 가리킨다

꿍 하고 해를 지고 돌아누울 때
난초는 파안대소로 웃어 젖힌다

난은 얼마나 좋겠는가
구름 위에 앉은 당신에게
난, 난 말입니다
사람이란 저게, 저게 아닙니다 그러며
내게 손가락질이나 하면 그만이니

예닐곱

나는 믿는다
내가 세상을 향해 처음 주저앉아 있을 때
코끝 가득 안개를 픽픽 피워내며
잘한다 잘한다
신작로를 지나가던 그 당나귀가
제 머리 쓰다듬다 곁눈질로 고개 끄덕여
내게 하던 말을

나는 믿는다
내가 세상을 향해 처음 꽃을 피울 때
그 당나귀가 갈기를 세워 먼 곳을 가리키며
내 고향 당국 여천은 바람도 좋지
나는 거기서 지붕 위를 마구 뛰어다녔네
그러나 이 말은 여담에 지나지 않는다
그가 갈기로서 가리키던 수없이 많은 곳보다
젖은 입술로 모스부호 찍어가며
가픈 숨으로 전하던 그 말에 비하면

내가 겨우 마음의 집 한채 마련했다 싶을 때

어느날 지붕 위를 뛰어다니는 당나귀 발톱처럼
우리는 모두 나조차 두텁게 사랑한다 믿지만
밟힌 듯 힘에 겨워 눕기도 하지만
나는 그때마다 내 믿음 속의 짐을 하나 생각한다
잘한다 잘한다
어린 날 전혀 알지 못하던 한 거인이 신작로를 지나며
내게 해준 숨 가쁜 그 한마디

물언덕을 넘으며 1

기다린다
기다리는 동안 빈 주머니를 튜닝하며
누군가를 위하여 뒷짐을 져주는 일
그 일이 결국 나의 일이 되는 일
모든 총구가 순환하는 것처럼
다시 돌아가 기다린다
모든 방아쇠가 회전하는 꿈을 꾸며
그러나 그 꿈이 이루어진다면
인생은 아무것도 아닐 것, 맞다
그러니 나는 다만
기다린다
기다리다 갈 것이다
몇푼의 커미션을 위하여
대신 미루나무가 되어주는 일
잎새 더욱 짙어지며
대신 시간을 보내는 일
그러나 풍경처럼 관객도
그러나 가수처럼 주연도
내 얼굴은 아니나

그들이 떠난 뒤에도 암표상
나는 다시 나를 위하여
방아쇠를 더듬듯
몇 장의 표를 기다린다
세자리아 에보라의 부음을 듣고
쓸쓸히 돌아서는 존 버거의 눈물처럼
저 노을 굽은 등처럼 언제나 제자리에 서서
내가 쌓은 물 언덕을 넘으며
당신이 살아갈 청라 언덕을 쌓으며

물언덕을 넘으며 2

사랑하는 건 무작정 뛰는 일이다 총소리 잃고 늦게 뛰는
것이다 한 삶이 지워지더라도 길은 사라지지 않는다 '생
명 없음'을 밟으며 가는 길이 '생명 있음'으로 변하기란 쉽
지 않다 기어이 풀린 언덕의 황홀한 빛을 바라보며 일상에
서 깨인 듯 닫힌 듯한 각오(覺悟), 사랑하는 건 물 언덕을
넘는 일과 같다 첨벙거리는 이 발길이 끝나도 무심히 지나
는 저 구름은 물빛에 지워지지 않으리 황홀한 빛과 무심한
구름과 그리고 없음의 없음으로 해서 더욱 없음이 되어버
린 그러나 언덕은 언제나 싱싱하게 흘러내리는, 그러나 가
끔 '생명 없음'이 '생명 있음'으로 변하기도 하는 그걸 우
리는 기적이라기보다 가깝게 청라빛 사랑이라 부른다 넘
는다는 것, 뛸 수 있는 것만큼 세계의 입구에 서는 일도 없
다 뛴다면 당신은 어느 세계든 노크하고 있는 것이다 사랑
은 무지몽매 춤추는 것 결승점을 넘어 계속 뛰다 주책없이
날아가는 것이다 사는 내내 뜨거운 욕탕 안에 들앉은 것이

바람을 위하여

그땐 내가 어처구니없어
쉰 고개서 바람 맞아 반구가 된 할머이
밤이면 요강에 앉히다 어둠 속 한데 뒹굴고
아이처럼 늙은이처럼 밤마다 둘이 붙들고 울고
이미 바람은 무슨 계단이었을 텐데
오르다 힘들기도 하고 조금 낫기도 하고
그건 밤새 중천에 떠다니는 긴 지린내였으니

그땐 아직 내가 어처구니없어
막냇삼촌의 울음소리 거들 수가 없었고
어둠에 산비둘기 흉내를 내는지
해병대 다녀와 자주 흐느끼는 삼촌의 등 뒤에 자다가
바람처럼 슬며시 등에 손을 대보고
내 손 너무 뜨거워 밤새 들판을 달려가 바람에 담그고
그 삼촌 운구에서 내가 빠진 것도
그땐 내가 너무 어처구니없어
만리포로 가 붓끝 바닷물에 적시며
잘 가라 바람
붉어가는 캔버스 아랫도리에 섣부르게 마침표나 찍고

그땐 내가 어처구니없어
거미줄 빠져나가는 달빛도 안되어서
낮에 사진첩을 정리하다 본 옛날 사진은
1982년 5월 정방폭포 앞에서 멈추어 섰고
졸업여행 중이었는데
아직 등 뒤로 벅찬 듯 물줄기 뜨겁게 흐느끼고
어떤 바람의 세례를 받고 있긴 한데 그만큼
낯선 두려움도 어깨 둘러멘 가방 속에 숨기고
나는 참 작고 가늘게 흘러내리고
아닌 듯 그 바람 찾아오는 날은
밤에 혼자 누워 뼈마디 욱신한 맨몸 이곳저곳을
만져보고 눈 감고 뜨거운 등도 들여다보고
크도다 나여

그러나 이젠 내가 어처구니없어
전쟁도 온다는데
문밖에 앉아 나는 비 맞으며 비를 기다릴 뿐
누구도 흐느끼지 않고 뒹굴지 않고 나조차도

빗줄기를 세는 일처럼 무수히 해온 말들
바람만 한 약이 없다
촉촉이 식어가는 이 더위에 다시
바람 같은 전쟁이 온다는데
앉아 앉아 앉아서 나는 빗속에 풍구를 돌리고
그러나 이젠 누구도 기다리지 않고 설혹
바람처럼 누군가 곁에 와 앉는다 해도
그건 그냥 정말 바람이려니
바람처럼 왔다가는 바람이겠거니

미자의 오십견

통증으로 견딜 수 없는 어깨의
팔을 휘저어 돌리다보면
어떤 생소한 날의 오르가즘이 느껴진다
어차피 사내도 없는 마당에 ─
그렇게 체념한 시대처럼 양껏 팔을 저어
거문고 힘줄이나 끊어내다보면
비명도 사람의 것이라
여백의 꽉 찬 소리 멋들어지게 들려온다

단 한번도 깨어 있지 못했던 강인한 불면
오늘은 빼앗긴 잠을 자야겠다
삶이란 무엇인가
단호한 그 물음에 통증으로 답할 수 없었으나
잊은 듯 일어설 수도 없던 염좌

지난밤엔 시간의 통증을 빌려다가
당신에게 가는 마음 잠깐이었는데
이유를 대자니 새벽별이 보인다

반

반은 가운데인가요 천의 얼굴인가요 당신인지요
반에 관한 두가지 아픔이 있다
어머니 김포 들판 끝에서 피사리할 때
하늘이 뒤집히며 장대비 검게 쏟아져내릴 때
나는 물주전자 들고 들판의 반에 서 있었다
마을로 돌아가야 하나 내처 나가야 하나
달려가 엄마를 부르니 다리 밑에서 비를 피하던 어머니는
젖은 등짝을 치며 왜 왔느냐 탄식을 했다
조금 더 커 한강에서 멱 감을 때
형들 따라 강의 가운데까지 가서 덜컥 겁이 나는 거라
그때 돌아올 힘으로 내처 강을 건넜어야 했다

한번은 반을 지나쳐버렸고
한번은 반을 돌아와
겁 많은 내 생은 그대로 솟대가 되고 말았다
오늘 개화리 자귀숲으로 가는 길
이제 기어이 발길은 다시 반에 다다랐으니
반은 절벽인가요 바람인가요
당신인지요

시라는 생업(生業)
화엄을 잃고 사랑의 길에서

정홍수

'비위가 약하다'는 말은 보통 입이 짧아서 비리거나 낯선 음식을 가리는 경우에 쓰이는데, 뜻이 확장되어 아니꼽고 탐탁지 않은 일을 잘 참아내지 못하는 성정을 가리키기도 한다. 이럴 때는 꼬장꼬장하거나 엄결한 태도와도 어느정도 겹치는 듯하지만 딱 맞아떨어지지는 않는 것 같다. 어쨌든 이 말은 몸과 성정 양쪽에 두루 통용되어서인지 어떤 사람을 형용하는 표현으로는 좀더 확실한 느낌을 준다. 박철의 이번 시집에 수록된 시 「묵은 별」은 "조부는 비위가 약한 분이었다"는 문장으로 시작한다. 1969년 아폴로 11호의 달 착륙으로 온 세상이 놀라고 환호하고 있을 때 조부에게는 이 일이 사람들이 유난을 떠는 것처럼 보이고 왠지 불편했던 모양이다. 왜 아니었겠는가. "비위가 약한" 분이었으니. "저 광활한 우주에 비하면 달나라는 자부동 안이다/그깐 거 좀 갔다고" 이어지는 시인의 분석이 흥

미롭다. "아마 조부는 당신이 노닐던 땅뙈기 잃은 양 싶었는지/며칠 더 오뉴월 고뿔에 시달렸는데"(하긴 또다른 시 「대롱거리다」를 보면 "지고 온 것 서녘서 노는 해를 보고/만열을 참지 못해 헐떡이는 조부"이기도 하다).

느닷없이 조부의 비위를 떠올린 이유는 2연에서 보길도 동백숲 사잇길을 지나며 "까만 몽돌 위에 쏟아지는 별들 마주하다/나 또한 뭔가 우루루 잃어버리는 설움에" 얼핏 암시되다가 마지막 연인 3연에서 "그깐 거 사람 하나 잃었다고 발걸음 하곤 아서라"에서 제대로 모습을 드러낸다. 지금 시인은 가까운 이를 잃은 슬픔에 겨워하고 있는 것이다. "오뉴월 고뿔"로 설움을 떨쳐냈던 조부가 하늘의 별로 귀환하는 소이다. "저간엔 아무 일 없다는 듯 오뉴월 묵은 별 하나/천릿길 만릿길 허공중에/사뭇 빛나다" 묵은 별의 시간과 역사가 무심한 듯 든든해지는 순간이다. 그러면서 시인은 슬쩍 조부의 깐깐한 비위까지 계승하고 있는 것은 아닌가.

그래서인지 저 '비위 약함'은 박철 시인 자신의 형용이 자 술어로도 제격이 아닌가 하는 생각이 든다. 마른 몸도 그런 인상을 돕지만 이야기를 나누다보면 선하디 선한 얼굴과는 달리 호불호가 명확하고 원칙에 양보가 없다. 목소리가 높거나 주장이 많은 편은 아니나 꾀까다롭다는 느낌을 받은 적이 많다. 그런데 이 경우 '비위 약함'은 더 정확히는 그의 시편에 잘 드러나 있듯 연약하거나 뒤처진 것들에 대한 본원적 애정과 관련이 있는 것 같고, 그런 만큼 그의 비위가 참아내지 못하는 것은 힘있는 것들이나 화려한 중심의 위세가 아닌가 한다. 돌려 말해 미미한 존재들에 대한 사랑이라면 그의 비위는 한없이 관대하다. 짧은 시한편을 보자.

> 딱히 말할 곳이 없어서
> 그래도 꼭 한마디 하고 싶어서,
> 지나가는 아이 반짝이는 뒤통수에다
> 사랑해 ── 속으로 말했다 그러자
> 아이가 쑥쑥 자라며 골목 끝으로 사라진다
>
> ──「화학반응」 전문

간결함이 단어 하나 조사 하나 더하고 뺄 데 없이 단단하게 응축되어 있는 시다. "딱히 말할 곳이 없어서/그래도 꼭 한마디 하고 싶어서"의 간절함이 손에 잡힐 것 같다. 이곳이 박철의 시가 솟아나는 마음의 샘이겠거니 싶다. "딱히 말할 곳이 없"다는 것은 이 사랑이 구체적이지 않고 막연하다는 이야기가 아니다. 그것은 쉬 발설되거나 소진될 수 없는 가난한 마음이며 헤픔이나 으스댐을 모를 뿐이다. "지나가는 아이 반짝이는 뒤통수에다" 말할 수밖에 없는 사랑이다. 마음속으로. 여기서 그 마음속 가난한 사랑이 일으키는 화학반응이 경이로운데 "아이가 쑥쑥 자라며 골목 끝으로 사라진다"는 것이다. 골목 끝으로 사라지는 것은 이 시적 삽화의 사실성을 보증하는 것일 테지만, "쑥쑥 자라"다니. 무슨 마법의 주문처럼 사랑이 그렇게 크고 대단한 것일 리는 없다. 지나가는 아이는 아이대로 자라는 법이다. 화학반응은 다분히 소망적이고 시적 과장의 영역에 들어가는 것이겠지만, 이상하게도 여기서는 견고한 인과가 있는 하나의 사실이어야 할 것 같다. 그렇게 믿고 싶고 그렇게 응원하고 싶어진다. 범우주적 사랑이어서가 아니라 가난하디 가난한 사랑이어서 그렇고, 굳이 말하기로 한다면 그게 박철의 시인 것 같다. 바로 다음과 같은 시가 늘여놓은 마음의 줄.

건너 아파트에 불빛이 하나 남아 있다
하늘도 잠시 쉬는 시간,
예서 제로 마음의 빨랫줄 늘이니
누구든 날아와
쉬었다 가라

―「빨랫줄」전문

하늘도 잠시 쉬고, 누구든 마음의 빨랫줄 위로 날아와 쉬었다 갈 수 있지만 시인은 그러지 못한다. 시가 시로 스스로를 지탱하려면 어쩔 수 없는 일이기도 하겠지만, 이즈음 박철 시인의 경우는 '귀' 때문인 듯도 하다.

낮에는 서어나무숲을 걷는데 도토리 떨어지는

소릴 들었고 산비둘기 우는 소릴 들었다

밤에는 아내의 거친 숨소릴 들었다

그것만이 아니다 귀는 오랜 우물처럼

너무 많은 것을 담아서

길어도 길어도 얘기가 마르지 않는다

—「귀」 부분

　간혹 페이스북(www.facebook.com)에서 시인의 불면
(不眠) 이야기를 읽기도 했는데 그래서 그랬던 것일까("낙
엽보다 먼저 낙엽보다 길게 뒹굴던 불면을 지나",「연」; "다랑어처럼
잠이 없는 내게 밤에 뭐 하나 물으면 난 달린다고 말한다",「뛴다」).
우리 얼굴에 "삐딱하게 숨어 있는 귀"가 그리 무서운 것이
었나. 시인은 단언한다. "뭉크의 「절규」는 눈이 아니라 귀
를 그린 것이다/눈은 보이지 않는 것은 알 수 없으나/귀는
들리지 않는 것도 듣는다". 문제는 그렇게 듣는 것에만 있
지 않다. 시는 부처의 삽화에 기대어 또 하나의 역설에 도
달한다. "부처도 막판에는 눈을 감고 귀를 열었다/말했듯
이 귀는 마르지 않는 우물처럼/담는 것이 아니라 퍼주는
것이기 때문이다" 귀를 이야기가 마르지 않는 우물로 은
유한 이유는 결국 이 반전의 역설을 위해서였던 셈이다.
생각해보면 그리 놀랄 건 없는 말이다. 귀담아듣는 것, 아

픔과 신음에 귀를 열어두는 것은 무엇보다 응답하기 위한 자세다. 시는 그 자세의 단단한 응축이라고 할 수도 있다 (응축에는 그 자세와 행동 사이의 거리, 갈등, 긴장이 중요하게 포함되리라). 시각의 권력에 맞서 보이지 않는 것, 들려오는 것에 참여하는 것은 시의 오래된 과업이기도 하지 않는가. 문제는 이 시가 스스로 새롭게 밀어올린 질문에 다시 응답하는 일일 텐데, 그렇다면 어떻게 퍼준다는 말인가. 「귀」라는 시 한편 안에서 이 답을 얻기는 힘들다. 이 시가 약간은 자조적이고 풍자적인 어조로 끝나는 것도 그 점을 의식하고 있는 것으로 보인다("귀가 앞에 달린 것이고 눈은 옆에 달렸다/그 탓에 우리가 이제껏 흔들려/옆으로 걷는 것이다"). 변경을 요청하는 자세의 근본적 왜곡은 일차적으로 몸의 차원에 걸려 있고, 그 제약은 함부로 풀어낼 수 있는 일이 아니다.

박철 시는 보는 것과 듣는 것 사이의 간극에 예민한 것만큼이나, 담아내는 것과 퍼주는 것 사이에 가로놓인 아득함을 너무 잘 안다. 그것은 그가 사랑에 귀 기울이고, "사랑 운운"할 때 늘 찾아오는 자각이기도 하다. 박철 시에서 사랑은 차라리 그 간극이고 아득함이다. 봄날 창가에서 "국밥집 아이와 애미"가 나누는 밀담을 지켜보며 씌어진 시 한편은 특별히 아름답기도 하지만, 박철 시에 대해 알려주는 것도 많은 듯하다.

아이가 며칠 울더니 오늘은 우는 애미를 달래고 있다
아이가 저리 힘들어하는 것을 보면
사랑도 노동이라는 생각이 든다
그러면 나는 일생을 노동자로 살아온 셈이다
내가 사랑을 하였다는 얘기가 아니라
거친 내 일생이 왜 사랑해야 하는가를 떠들고 있었다
—「빛에 대하여」 부분

그러니까 노동인 것이다. 울음을 달래는 노동. 위계는
사라지진 않지만 이상하게 잠시 치워진다. 며칠 울던 아이
가 오늘은 우는 엄마를 달래기도 하는 것이다. 힘겨워하는
아이의 모습이 사랑과 노동을 하나의 자리에 불러모으는
시의 순간은 아름답다. 그 아름다움에 기대어 시인은 스스
로의 오랜 질문과 회의에 조심스럽게 다가간다. "그러면
나는 일생을 노동자로 살아온 셈"이라고. 이 어름에 담긴
자괴와 부끄러움을 누가 모르랴. 민중 혹은 노동자에 대한
존재적 부채감을 말하는 게 아니다. 박철 시는 오히려 이
런 지점에서는 덜 감상적이고 덜 관념적인 자리에 있었다
고 해야 할 테다. 그보다는 좀더 일상적이고 구체적인 생
활의 자리에서 그의 시는 부끄러움과 싸워왔던 것 같다.
가령 "문예진흥원에 진흥기금 신청을 하러 간 길이었다/
그렇게까지 해서 살아야 하느냐고 농을 던지지만"(「찐빵
찌는 세상」, 『영진설비 돈 갖다 주기』, 문학동네 2001) 같은 데서

122

슬쩍슬쩍 모습을 드러냈던 어떤 마음. 아내 심부름으로 하수도 노임 4만원을 가져다주는 길에 부린 철없는 해찰의 고백, 그리고 그때 새삼 환기되었던 무력하고 무용한 시인의 자리 같은 것(「영진설비 돈 갖다 주기」, 같은 책). 그 부끄러움을 품은 채로 시인이 그의 생을 노동에 얹는 일이 어찌 쉬울 수 있겠는가. 조건문을 받는 형태로 겨우 진술될 수밖에 없고, 그것도 "셈이다"로 종결지어 단언을 피해야 하는 사정이 이해가 간다. 그런데 유보하고 유보하는 마음이 찾아낸 타협의 경지가 뜻밖의 진실을 선물처럼 남긴다. "내가 사랑을 하였다는 것이 아니라/거친 내 일생이 왜 사랑해야 하는가를 떠들고 있었다" 그러니 이 정직이 박철의 시일 것이다. 이 시가 국밥집 창가에 찾아온 봄빛의 특별한 사실성으로부터 빛의 보편적 존재방식을 발견하며 부풀어오르기 시작하는 것도 이 지점부터이다. 시인은 명창정궤(明窓淨几), 그러니까 햇빛 밝은 창에 깨끗이 정돈된 책상(이 책상은 그의 시가 씌어지고 싶은 곳일까. 얼마 전 페이스북에서 본 그의 명창정궤는 크고 널찍했다. 뒤로는 책들이 들어찬 서가가 도열해 있고 말이다. 웬 대단한 서재인가 했더니 한적한 시간의 동네 도서관이었다)이라는 옛 사람들의 소망을 새로이 들여다보면서 생각을 밀어간다. 그 책상은 흔히 생각하듯 정갈함의 공간만은 아니라는 것이다. 오히려 여백으로 충일하고 빛이 넘쳐흐르는 곳이다("백자 같은 여지와 빛의 범람"). 굳이 글 읽기나 글쓰기와

관련된 욕망의 문제, 저잣거리와의 넘나듦의 문제로 연결 짓지 않는다 하더라도 빛의 범람은 그 자체로 책상을 둘러 싼 필요조건이라는 생각이 든다. 이 시의 내적 논리를 따르자면 그것은 사랑이라는 노동에 대한 응답인데 빛 역시도 그 노동에 참여하고 있다. "오늘 아이의 저 스미는 사랑"은 그렇게 봄빛과 어울리며 국밥의 식탁에서 시의 책상으로 이동한다. "빛은 제 눈이 없어 가리는 곳이 없구나"(「빛에 대하여」) 하는 발견은 앞서 「귀」의 어떤 역설을 떠올리게 만든다. 어쨌든 시인이 이 빛의 범람과 편재(遍在)에 혼자 경탄하는 모습은 귀엽기까지 하다.

> 비좁은 밥집 안에도 봄빛은 내린다는 사실이었다
> 애야 신비롭지 않니 신비롭구나
> 그런 신비로움엔 기다림 외에 가는 길이 따로 없다
> 오래전 탯줄 타고 이미 당도해 있을지도 모를
> 내가 아무리 작아도 줄어들지 않는
>
> ──「빛에 대하여」부분

그런데 "내가 아무리 작아도 줄어들지 않는"에서 "줄어들지 않는"은 어디에 걸리는가. 처음 읽을 때 나는 '기다림의 길'이라 생각하며 모종의 역설로 이해했지만, 그냥 움츠러들지 않는 '나'의 당당함을 이야기하고 있는 것으로 보면 될 듯하다. 그게 바로 앞의 "오래전 탯줄 타고 이미 당도해 있을지도 모를"과도 호응하며 기다림을 신비화하지 않는 태도일 테고, 노동에도 어울리는 자세일 거다. 그러니 마지막 연, 춘이월 문턱에서 밀고 당기는 겨울과 봄의 밀담이 제법 거친 듯해도 괜찮지 않겠는가. "거친 내 일생"만큼이나.

> 오늘은 춘이월 집으로 오는 길엔
> 골목 끝에서 아직 거칠게 싸움들이었다
> 먼지가 일고 헛발질에 입간판이 흔들렸다
> 말하자면 그들도 사랑을 하고 있는 것이다
> 좀처럼 가지 않는 겨울과
> 안달이 난 봄이 되어 뒹굴고 있는 아,
> 어디에나 있는 빛이다
>
> ─「빛에 대하여」마지막 연

물론 "누구나/사랑을 한다"(「끝 간 데」). 그리고 그 시에 따르면 "누구나에는 어디든이 자리하고/어디든은 언제나의 제 모습이다". 이유가 있을 수 없다. "너와 나의 송두리라/왜인가 묻지 말고 차라리/죽음이라 불러다오". 그러나, 여기에는 '그러나'의 반전이 있고, 그것이 박철 시의 사랑인 듯하다.

> 노을도 사랑을 한다

그러나 누구나에는 그러나가 있다
내 송두리 당신 앞에 선
아이처럼
아이 앞에 선
작은 문처럼

—「끝 간 데」 뒷부분

그러니까 그 사랑은 송두리째인 만큼 아이 같고 또 한없이 작아지는 것이다. 마지막의 작은 문은 좁은 문일까. 찜통으로 들어가기 전 바닷게를 그린 「비상(飛上)」에는 "저 밑에 깔린 하늘 기어다니며/하나둘 불가사리 같은 붉은 별들을 세었을 것이다"라는 표현이 나오는데, 그처럼 낮은 곳에 있는 문을 가리키는 것일까. 잘 모르겠다. 그러나 적어도 박철 시의 사랑은 혹여 있을 수 있는 시의 과시적 세련 속에서 길을 찾는 건 아닌 것 같다. "화엄을 읽었다"에서 시작해 "화엄을 잃었다"로 끝나는 「너의 화엄」은 그저 삶이 내어준 "작은 문"으로만 시를 일궈온, 아니 그렇게 시/삶을 밀어온 박철의 자기 경계(境界/警戒)를 수더분하게 보여준다.

화엄을 읽었다

한 시절 매달린 경(經)의 끝이

잊으라,였을 때
억울해 너에게 편지를 쓴다

삼년간 벗이었던 화정공원의 물푸레나무
그마저 옹두리 만들며 스스로 물러서니
구청 직원은 곧 베어버리겠다 말한다 또
잊으라는 것이다
산 위에 오르면 장엄하던 눈 아래 세계도
골목길에 들어서 쉽게 잊혀지고
그게 모두 내 허물인 듯
내일은 일없이 이종사촌이나 찾아가봐야겠다

사랑도 나무도 읽지 말고 담아야 할 것을
한 시절 바라보다
화엄을 잃었다

——「너의 화엄」 전문

　화엄을 잃으면 어떤가. 잊지 못해 억울해하기도 하는 게 삶 아닌가. 허물을 스스로에게 돌리며 "내일은 일없이 이종사촌이나 찾아가봐야겠다"의 자리가 만드는 '나'의 화엄이 있을 법하다. 이번 시집 곳곳에 "꽃이 지네 꽃이 지네 해도/피지 않은 꽃이 질 리는 없다"(「꽃이 피네」)라든가 "저 혼자 옹기종기"(「저 혼자 옹기종기」), "너는 발등을 보며 뛰

니"(「캥거루가 우는 밤」), "다,/빈 눈 덕분이었다"(「허설(虛雪)」),
"영속이란 없다는 것//없는 영원에도 끝은 있다는 것//그
러니//나는 오늘도//사랑 운운"(「사랑 운운(云云)」)과 같은 단
단한 발견이 들어서 있는 것도 그 때문이리라.

시인을 아는 이는 한번쯤 보았을 것이다. 그 크고 선한
눈에 서린 겁을. 무슨 초식동물의 눈 같지 않던가. 형들 따
라 한강에서 멱 감다 강 한가운데서 어쩔 줄 몰라하는 장
면이 눈에 선하다. 시인은 "그때 돌아올 힘으로 내쳐 강을
건넜어야 했다"고 탄식하지만, 그 내세울 것 없는 겁 많음
이 박철 시라는 걸 모르는 이 또한 누가 있으랴. "한번은
반을 지나쳐버렸고/한번은 반을 돌아와/겁 많은 내 생은
그대로 솟대가 되고 말았다"(「반」)지만, 그 하늘하늘한 솟
대의 가냘픔이 저 김포들판 한자락에서 저물어가는 시의
마을을 지키고 있었다는 것을 우리는 안다. 우리는 또 안
다. "내가 아무 일도 하지 않는 것 같지만/나는 당신이 안
하는 일을 한다"(「흰 구름」)는 것을. 시라는 생업(生業). 하
지만 박철 시/생업의 풍경은 참으로 여전해서 아직도 '영
진설비'에 도착하지 못하고 있지 않나. 여전히 길 위다.

꼭 기복이같이 생긴 정기복이가
밀며 끄는 택시를 타면 깊은 밤이다

모처럼 등받이가 푸근해

개성까지 가자 뻬쩨르까지 가자
객쩍은 실랑이로 분위기 망치다가
승차거부냐 김포에서 생떼를 쓰다 내리면
그나 나나 새날은 방구석서 나오질 않는다

이 숙취 얼마를 더 가야 하나

—「길」 전문

"꼭 기복이같이 생긴 정기복이가" 무슨 상형문자 같기
도 한 동어반복이 참 따뜻하다. 약간 더듬듯 작게 이어지
는 시인의 음성으로 다시 들어보고 싶어진다. 시인은 "아
이야/어느 누추한 담장 아래라도 화(華)해야 한다/맑기만
해도 안되고 충만하기만 해서도 안된다/맑고 가득하고 따
뜻해야 한다"(「빛에 대하여」)고 노래했는바, 그 따뜻함이 이
미, 얼마간은 '새날'일 것이다. 그러니 시인이여. 이제 "정
말 세상 다 아는 사랑" 한번 하시라. "빙산의 일각"이 아니
라 "그 큰 산" 다 녹이는. 하긴 "귀신만 모르고 다 아"(「산」)
는 일이다. "사랑 운운"하지 않더라도. 무슨 거창하고 대단
한 게 아니라 이미 "해를 쫓는 달을 보셨나요/사랑하진 않
아도 버리진 못합니다"의 그 사랑, "뜨뜻미지근한 안타까
움"(「악연」)으로 서로 살아가는 사랑. 이미 도착해 있는 것
을. 다만 바라건대 그 사랑이 일출처럼 환해지기를. 이제
는 귀신도 놀래기를.

새벽에 일어나 원고를 보는데
아내의 얼굴이 어둡다

이 시집 상 받으면 장모 줌세
아내의 얼굴이 환해지며
빛으로 간다

──「일출」전문

　그렇게 세상의 슬픔을 지켜보는 숯대로 계속 '절벽과
바람' 앞에서 흔들리기를. 누워서도 쉽게 잠든 적 없지만,
이제 친구의 빈 사무실에서 깜박 졸기도 하면서(「꽃은 피
다」). '파치 같은 인생', '종 친 것 같은 인생'에도 "폐차장
서 날아온 파지(破紙) 같은 주홍빛 종소리에"(「종소리」) 기
꺼이 웃음을 내주며 그렇게.

鄭弘樹 | 문학평론가

늘 마음만 남고 몸은 숨는다.

내 나름의 시 이론서를 하나 쓰고 싶었으니, 이 책으로
대신한다.

2018년 4월

김포에서

박철

창비시선 420

없는 영원에도 끝은 있으니

초판 1쇄 발행 / 2018년 4월 23일

지은이 / 박철
펴낸이 / 강일우
책임편집 / 박주용
조판 / 박지현
펴낸곳 / (주)창비
등록 / 1986년 8월 5일 제85호
주소 / 10881 경기도 파주시 회동길 184
전화 / 031-955-3333
팩시밀리 / 영업 031-955-3399 편집 031-955-3400
홈페이지 / www.changbi.com
전자우편 / lit@changbi.com

ⓒ 박철 2018
ISBN 978-89-364-2420-6 03810